기다림의 미학

기다림의 미학

정광지 세 번째 시집

문학시티

詩 작업의 辯

- 시집을 올리며

예쁜 일기장에 내 삶을 담아낸다는 심정으로, 한 줄 또한 줄 속내를 털어놓으며 긴 시간을 서툴게 적어낸 글들을 모았습니다.

그리고는 '시'라는 이름표를 달아 보겠다고 고집스런 주장을 하고 있는 자신을 돌아보며 참 어리광이 심하다 싶었습니다.

긴 날들 내 안의 언어들을 닦어낸들 아직은 그 진가를 떳떳이 내세울만큼의 낯 세움에 부족함이 많음을 알고 있습니다.

그러나 성장을 위한 노력은 자신의 몫이란 걸 알기에 이제부터 더욱 분발하여 배워 나가리라 스스로에게 위로와 격려를 하면서 이런 나를 대견해 해봅니다.

그런데 지난날 이런저런 핑계로 너무 오랫동안 자신을 느슨하게 풀어놓고 게으름 피우면서 거북이 걸음으로 습작의 시간을 낭비했기에 지금 그 대가를 톡톡히 치르고 있는 셈입니다.

일찍 시작은 했으나 변죽만 울리다 늦은 나이에 겨우 입문의 문턱을 넘어서고서야 뒤늦게 자신을 들여다보면서 허허로운 심정을 감출 수가 없습니다.

　그러나 이제부터는 쉬지 않을 생각입니다. 인생을 조금 더 아름답게 마무리해 봐야겠다는 생각을 늦게나마 했기 때문입니다.

　결과는 생각지 않고 부지런히 삶을 키워 나가려 합니다. 그 끝이 어디까지이고 언제까지일지는 염두에 두지 않으렵니다. 종점은 의식하지 않고 달리면서 노력의 보람을 더 많이 체험해 가려 합니다.

　같은 값이면 칭찬을 받는 성과를 얻었으면 기쁘리란 생각을 하면서….

2016년 구룡산 자락에서
저자 정광지

차 례

1부   일상의 평안을 위하여

2부 외로움에 관한 이야기

차 례

3부 늦은 가을날의 수상隨想

4부 　솟아라 해야!

차 례

5부 기다림의 미학

1부 일상의 평안을 위하여

웃음 꽃 피우길 애쓰며
오늘이 가장 좋은 날이라 여기고
일상에 아름다이 기대어 살자.

사슴

풍요로운 계절 한 잎 문 채
먼 하늘 우러르는 눈망울에
해맑음 가득한
한 마리 사슴

하늘 삼킨
호수의 고요 닮은 눈망울 들여다보노라면
지순至純한 사랑의 감동이 전율로
전해오고

나는 무아無我의 시간을
철없는 아이가 되어
향내 짙은 너의 목을 안고
네가 삼킨 호수의 꿈을 마신다

시련의 세월 초월해
꿈을 반추하고 서 있는 모습 바라보노라면
사랑과 신뢰 함께 나눌 영혼의 비원 품어
지친 이의 안식을 배운다

오늘은
생애를 통해 겪는 모든 아픔
보듬어 달래 줄 너와 함께
감동의 기지개 한 번쯤 펴 봐도 좋으리.

일상의 평안을 위하여

하루 살기가 힘겹다 하면서도
모두는 그렇게 살아들 내고 있다

먹고 살기 힘들고
싫은 사람과 함께 하기 힘들고
사랑하는 이와 함께 하기 어렵고
생로병사의 거듭함에서 벗어나기 힘든다 한다

더구나 수다한 어두운 생각 떨쳐내며
맺어진 인연들을 지켜내기는 더욱 힘들어도

그래도 그렇게들 살아가야 한다
그렇게 모두는 살아가고 있으니까

그러니
주름진 얼굴 펴고 웃음이나 크게 한 번 웃자
그리고
"사랑하노라"
숨 한 번 크게 고르고 마음속으로 외치자, 외쳐보자

기왕에 사는 거라면
찡그리고 산들 형편 나아지는 것도 아닌데

모두를 편안케 해주고

날 향한 모든 이의 마음을 열어주기 위해

그리고
이 모든 것 내 삶의 일상에서
누구도 아닌 바로 내가
가장 많은 평안을 누리기 위해

내가 먼저 배려하고 아끼고 보듬어주며
모두를 진심으로 사랑하며, 사랑하고자 노력하며
웃음 꽃 피우길 애쓰며
오늘이 가장 좋은 날이라 여기고
일상에 아름다이 기대어 살자.

제자의 결혼식

조실부모한 옛 제자의
결혼을 주례하면서

신부 쪽 빈자리 없는 하객석과
뜯어먹다 덩그마니 놓여진
빠진 옥수수 알자리처럼 비어있는
신랑 쪽 좌석을 보면서

내 사랑하는 아이의
외로운 성장에
코끝의 싸함으로 속이 상해온다

건강하고
화목하고
효도하고 우애 있어라 하면서
곱게 차려입은 신부를 아우르며
늠름하게 앞에 선 제자 얼굴에
생전의 부모 얼굴 겹쳐 떠올리며
감회에 가슴 저민다

예쁜 아내 맞았으니
힘들어도 둘이 할 것이고
기쁘고 즐거우면 이웃과 더불어 나눌지니

부디 이제는
이제부터는
살아온 세월 속의 외로웠음의 몇 곱절을 더한
보람과 행복을 아름 아름으로 받아 안으며

그렇게 환하게 살라고
살아 내라고
진심으로
진심으로 기원해준다.

봄

누구의 부름 있었나 싶어
화들짝 열어 본 창 너머
아하 거기
어느 새
한 뼘 자투리 땅 정원 끝 산수유나무 가지마다
휠만치 많은 샛노란 꽃눈들이
햇살 비껴 보이는 수줍은 소녀의 목덜미에 솟은
솜털 같은 꽃술 이고 피어나
물기 머금은 따뜻한 하늘을 제치고
한 폭 그림, 다가온 웃음 환하다

오솔길 덮으며 산꼭대기 따라 오르는
뽀얀 안개 머금은 거기로부터
봄은
빗어 올린 소녀의 윤나는 머릿결 같은
숲 속 나뭇가지들 사이를
햇볕 받아 생명으로 환생還生하여
음습했던 숲 안을 기지개로 깨워 놓고
탁자 위 은쟁반 받친 유리잔 한 가득
찰랑이는 귤 즙 같은 상큼함으로
화창한 날 이 시간
마음 설레게 한다.

아무리 애를 써도

미운 짓 하는 사람을
예뻐할 수 없는 나는
아마도 가망 없는 위선자인 것 같다

언제쯤이면
원수도 사랑할 수 있는
마음 깨달음 얻을 수 있을까

미소 속에 칼 감추지 않는
진정 참다운 내가 되고 싶어서
아무리 마음을 가다듬어도
미움의 줄을 끊어 낼 수 없어 가슴만 졸인다

겉치레 칭찬이나 받는 그런 게 아닌
정말 속 깊은 사람 되고 싶어
스스로를 죽여가고 있는데
스스로를 누르며 바보로 살아가고 있는데
비웃음만 사면서 아직도 이르지 못하는 건
자신까지 속이는 겉만 닦는 진짜 바보가 되어
끝없는 욕망으로 속 채우려는
미망迷妄의 세월 버리지 못함 때문일 게다.

해마다 잊을 수 없는 날
- 6·25 전쟁 53주년을 맞은 이 땅의 얼굴

무너지는 하늘을 외면한 채
동족의 가슴을 총칼 들이대 후벼 파고
강산을 찢어대며 모두는 흡혈귀였던
그 날
피 냄새가 아직도 다 가시지 않았는데

'다시는 이 땅에 피투성이 싸움은 말자'
잘도 지껄여대면서
반백년이 지난 오늘도
잘 난 사람 너무 많아
하루가 멀다 하고
세 싸움에다 부정 특검 파국
해머소리 높아도 모자랄 산업 현장은 파업, 파업
나라 걱정할 이 없는 정국은 아비지옥인 채
핵폭탄을 장난감인양 전쟁 놀음 앞세우는
철부지에게
무한정 돈을 퍼주면서도 쩔쩔매는 위정자들
어린아이까지 납치하게 된 불량 신용카드 양산
염병할 조폭이 존경받는 이 날바닥 난장은
카오스의 후예만 판치는 어둠의 입구
피 흘려 지킨 강토는 인간 공해로 찌들어가고
세상천지 서로가 쳐 죽일 놈들만 우글댄다

외쳐대는 이 땅

나라를 잘 다스려 보려는 사람
나라를 살찌우려 애쓰는 사람
사랑과 희생을 가르쳐 행복 나라 만들려는 사람들은
차례차례 씨 말리며 사라져가고
핏발선 망나니 애국자들만 독풀처럼 돋아나
망국의 위기에 한 맺혀
피눈물 흘리고 가신 선열들의 안식 함께 할
통일의 노래로 축복 받을 날은 아니 오고
이 나라 이 땅은
소리 없이 죽어 가고 있다

이 땅에서 공생과 번영을 함께 하려
바다 건너 왔던 이들이
싫증 나 떠나고
불안해 떠나고
미워서 떠나고
믿을 수 없어 떠나고들 있지만
반백년 쌓은 우정 버리고
이제 모두는 떠나려 하고 있건만

그래도 몰라라
피투성이 이전투구에 욕망의 눈이 멀어
제 살 파먹는 밥 그릇 싸움질에
나라 죽이는 귀신들만 난장으로 핏발 세워 설치는
망국의 역병으로 피고름 엉긴 이 땅.

미망迷妄의 바다를 떠도는 욕망은

마음과는 달리
긴 삶을 살아온 세월이
무에 그리 소중하길래
못내 훌훌 버리지 못하고
육신의 탐욕 한 끝을 움켜쥔 채
오늘도 덧없이 매달려 지나가는 하루

씻어내고
흘려버리고
털어내고
잃어버린다 하면서도
부유蜉蝣인생으로
포구에 닻을 내리지 못한 채
어두운 욕망의 바다위에 띄워져
목적 잊고
천착舛錯하며
미망迷妄으로 허우적대는 번뇌煩惱.

서울의 수맥이 다시 열린단다

근대화의 상징으로
개발우선주의가 만들어냈던 청계천 고가도로가
서울의 수맥으로 다시 살아나기 위해 헐린단다

정겹던 우리 어머니들의
하이얀 빨래터
삼단 같은 긴 머리 감아 곱게 빗어 내리던
아낙들의 베치마 살포시 가린 하얀 무릎 밑으로
빛살 반짝이며 흐르던 여울 물
요령 소리 달구지에 싣고 졸랑졸랑 건너던 수표교
각설이의 애환 서린 광교 밑
묵향墨香 짙게 어렸던 조선 오백 년 혼을
도시의 악취와 함께 모두 거두어 묻어 버렸던
콘크리트 복개로를 누르던 거대한 공룡 고가도로가
도심의 정맥류처럼 불거져 하늘을 치솟아 찌르더니
드디어 오늘은 거대한 크레인에 조각나 들려 나간단다

조금만 기다리면
버들치랑 가재랑 참붕어
미꾸리가 다시 돌아와 노닐고
푸른 하늘 뭉게구름 담은 맑은 물이 흐르게 된단다

아름다운 들꽃이랑
나비 함께 할
도시 아이들의 해맑은 웃음소리가

수맥으로 다시 살아난단다

중학천 물 맑은 정기가
곪아 아파하던 서울의 심장을 씻어
우리의 가슴 가운데를 흐르는
축복처럼 아름다운 물길로 다시 태어나
반백년 앓아온 어둠의 고통을 털고
수혈 받는 생명의 핏줄 되어
아름다운 삶 이야기를 도란도란 실어 나르게 된단다

"청계천이 살아야 서울이 살고
서울이 살아야 대한민국이 산다"

염원처럼 가슴 울리는
기공식 기념사 소리 높여 외치는 어르신의 뜻대로
하늘의 뜻을
자연의 섭리를
생명의 환희를
지난날 아름답던 환상을 되찾기 위한
오늘은 노래를 마련하는 땀을 다시 모으라

우리의 현재와 미래가
살아나 움직일
정겨운 청계천은 예스럽게 복원 되라.

반복되는 하루의 의미

정신없이 하루를 보내고 나서
내 조그만 방에 돌아와 앉아
창문을 열고
석양 빛 어우러진 노을을 보노라면
지친 일상의 긴 그림자가
파도처럼
내 무거운 마음에 어둠 되어 겹겹으로 덮쳐오고

어느 날
적어 놓았던 메모지의 낙서와 똑같다 싶은
이 하루가
또 한 장 되풀이 된 의미 모호한 기록으로 되살아나
무기력의 늪에 빠진 내 육신 위로
피로에 지친 오한인 채 또 한 겹 쌓인다.

봄날은 오는데

어느새 겨울 철새들, 석양 하늘 저편 어둠을 이고
보일 듯 말 듯 깃털 끝에 여운 남기며 사라져 갔고
이제 아득하게 칙칙하던 긴 가로수 병풍 길 따라
스믈스믈 춘삼월 훈풍은 소리 없이
이편으로 오고 있는데
칼바람에 쉴 사이 없이 누웠다 일어났던
마른 들풀들의 해진 소매 끝으론
아직도 인간사 냉기는 삭정이 울타리 사이에 머물러
물러날 줄 모른다
오래 전 손길을 잊은 정원 뜨락 흩어진 검불 밑으로
소리 없는 생명의 아우성들이 용솟음치며
기운차게 뿜어 오르는데
산수유 고운 꽃눈 흩어지고
터질듯 부푼 목련 꽃눈 애처로이 시들려 해도
눈부시게 솟아오르는 상사화 고운 새싹
마구 짓겨나가도
귀하게 돋아 오르는 생명의 환희를 보듬을
원정園丁은 보이지 않고,
발정한 개 떼, 도둑고양이 떼들만 뒤엉켜
흙구덩이를 만들어 짓밟으며
제 몫만 챙기려 뭉개고 있을 뿐
귀 기울여 보듬는 이 단 하나 없다
이 조용하고 소망스런 우리의 뜰에는
아직도 마음 푸르게 물들일 평안은 오지 않는다.

창 너머로 날아오르는 것

이 아침
찬란한 햇살 그리워 열어젖힌 창
예쁜 액자額子안으로
칙칙한 바람벽 기어오르던 담쟁이넝쿨 줄기가
초록색 짙은 햇살로
눈부시게 쏟아져 들어오면

넓은 호박잎들 위로 하늘하늘 춤은 일고
새벽 내내 아침 맞으려
가녀린 줄기에 받쳐 들어 올린
노란 조막손이 호박꽃 봉오리들
기지개로 활짝 피어 세상 열면

찾아든 꿀벌들의 충만한 춤사위는
빛의 정령 그 매무새로
늦은 나이에도 동화童畵로 남는다

아하!
바로 저 것이었구나
내게 와 닿는 생명감

눈부신 해무늬 어우러져
너울대는 넓은 잎마다
정령들이 힘줄로 살아나

가슴 파고드는
싸한 환희의 포말泡沫되어
숨가쁘게 쏟아져 내리는
느낌.

섣달

철 잊은 궂은 겨울비
내리고
내리는 빗속을
한 해의 해넘이로 숨가쁜
달음박질되어 관절은 쑤셔온다

찌그러진 하늘은
회색 빛 곤궁으로 가슴 후벼오고
시절 지났던 연탄 리어카가
다시 힘겹게 나타난 이 새벽
골목 가득한 냉기는
검정 덧칠한 연탄장수의 얼굴에
힘겹게 맺힌 땀방울이다

세세연년
바라는 포근한 섣달의
고즈넉함은

내 어릴 적
추수 끝난 빈 김장 밭
덩그마니 자리한 무구덩이 속에 숨겼던
배추 뿌리처럼 아득한 옛이야기일 뿐

이 겨울에도
맵싸한 그 맛은
어딜 가야 볼 수 있을까.

기다림

약속한 사람도
정해진 시간도
그럴싸한 장소도
마음 굳힐 확신도
바램에 대한 희망도
뒤틀린 운명을 마감할 죽음까지도

어느 것 하나
단정 지을 수 없이
여기 이렇게 그냥 놓여진 자리
이대로
무력한 삶의 바닥에 엎드려
무한정 막연하게 기다리는 것은 무엇일까

그래-
기다려야겠다고
가슴 일렁이며
속살 태워 앓고 있는
이 불확실한 기다림의 실체는 무얼까

공허를 향해
되받을 수 없는
반향反響에 대한 마음만의 외침으로
무모하게도

의미 없는 속 끓임 하며
한 없이 기氣만 흩뜨리는
대안 없는 기다림.

귀향歸鄕

상수리나무랑, 오리나무
잔솔에 어우러진 숲길 나뭇가지마다
눈꽃 눈부신 오솔길을
산 노루 발자국 좇아 찾아갈
고향 길은 없어진지 오래지만

발목까지 묻히는 발자국 찍으며
배고픈 산새 소리에 귀 기울이면서
벙어리장갑 속 언 손 비벼가며 찾던
어스름 속
묵은 장작불에 아련히 연기 피어오르는 오두막
내 어머니의 품이 기다리는
옛집은 전설로 사라진지 오래지만

그래도
돌아갈 곳 있는
타향살이는
이때쯤의 행운에 미소를
한 번씩은 머금을 수는 있지만

추수 뒤에
이삭줍기로 모았던 낟알 바가지 비워
뭇 새들의 먹이로
하얀 눈밭에 뿌려줄 내 어머니의 작은 남새 밭

그리워
세월에 묻힌 탑세기 훌훌 털며
눈발 탕탕 구르고
올라 설 섬돌 밑 뜰팡이라도 있다면

그래도
세상 산 보람은 훨씬 크겠지만

내겐
그렇게
안기듯 다가설 귀소歸巢가 없어져버린 지 오래다.

신기료장수의 명강의名講義

발가락의 통풍 불편 덜려고
구두수선 가게에 들렀다가
구두 한 짝 무릎 위에 받아 얹은
신기료장수의 해박한 정치판 강의를 들었다

「썩어가는 시화호」
「원전 폐기물 처리시설 건설 시비」
「집 나갔다 불려온 모 교수 죽이기」
「국가 신용 망치는 FTA 비준 외면과
한미외교 뒷북치는 이라크 파병 인준 지연」
「대통령 입당도 안한 자칭 여당의 꼴사나운 행태」
「머리수만 많다고 으스대는 거대 야당 꼬락서니」
「차떼기 돈뭉치 난무하는 대선자금 부정부패 비리,
그를 잡겠다고 몰래카메라 시비, 도청, 감청 사건…」

경국제세經國濟世 젖혀 놓고 밥그릇 싸움에
썩은 냄새 진동하는 소, 돼지우리 되어
시러베자식들 판치는 무리들을 어찌 할까

나라살림 도둑질에 돈다발 상납 받는
권력자의 사돈의 사촌, 팔촌 잡배 놈들을
모가지 잘릴까 눈치 보며 잡아들이지는 않고
되레 작당하며 돌아앉아 죄를 축소 은폐하면서
백성여론 무시한

위정자 어른들의 썩어 문드러진 무능 횡포
주저앉는 나라 살림은 어찌해야 좋을까
원망하고 저주 하다 하다
누굴 탓하랴
그놈들 뽑아 주고 나라 맡긴 내가
개자식이고 청맹과니지
자포자기 하듯
애꿎은 구두짝만 두드리며
울분의 사자후獅子吼 토吐하는
신기료장수의 훌륭한 정치학 강의에

내 가슴도 끓어 올랐다.

멍에 씌운 삶

어깨 살 파고드는 아픔 못 이겨
눈망울 불거지도록 허우적대며
이어온 세월

고통의 일상은
숨이 막혀 와도 벗을 수 없는
자지러드는 의식意識이었다

운명처럼 등줄기에 쉼 없이
흘러내린 땀 젖은 긴긴 세월
목구멍 막히도록 살아냈지만 아직도
건너 갈 망각忘却의 늪 길은 멀기만 하다

어린 시절
끝없는 초원에 막힘없이 트여 보이던
높푸른 하늘은 사라져버렸고
생애를 뒤덮던 먹구름만
오늘도
막힌 목울대 누르며 다가오는
피 말리는 초조한 목마름이다

애타게 바라던 성공한 날의 환희
기다린 풍요로운 삶, 행운의 포만은
언제나 덧없는 세월 저편에 허상으로만 떠있어

노쇠해 기진氣盡한 삶은
아직도 고행의 강 가운데 놓여져
암울한 세월의 시련에 찢기며, 파 먹히며
영원히 벗겨질 가망 없는
힘겨운 멍에가 씌워져 있다.

모두들 어디로 향해 가는가

모두들 어디로 향해 가고 있는가
모래알처럼 흩어져서
도무지 모을 수 없는 생각들의 진군

모두 잘 가고 있다고 저마다 소리 내어
외치고 있지만
귀 기우려 들어줄 가슴의 소리는 어디에도 없다

사랑한다고 목청껏 떠들어도
정작 뜨거운 가슴은 보이지 않고
내가 사람이라 아우성쳐도
반겨 들어 줄 열린 귀는 찾을 수가 없다

이라크의 전쟁은 혼돈으로 얼룩지고
목소리 큰 무법자만 점점 커 보이며
세계가 송두리째 흔들리고 있는데
우리 한반도는 어디로 향해 가고 있는가

황사黃砂보다 더 기분 나쁜 혼탁함이
모두의 이성을 마비시키고
진실은 용암이 되어 피를 쏟고 있는데
빈손에 마음만 급해 미친 우리는
뒤엉킨 몸을 풀 사이도 없이

서로를 할퀴며 물어뜯으며
지금
어디로 향해 가고 있는 것일까.

한 젊은이의 죽음

열사熱沙의 먼 이국異國

알라의 오염된 후손들이
저들과 함께하려 다가간
선량한 동방의 젊은이 하나를
더러운 개 싸움판에 잡아들여
성전이란 천벌 받을 핑계로
짐승도 벌일 수 없는 보복의 이름으로
흉측한 저들 칼에 피를 묻혀 희생양을 삼았다

피 비린내로 더럽혀진
인종간의 갈등
그리고 저주가
화해와 믿음 그리고 용서와 포용을
노래하던 한 천사의 날개를
무참히 꺾어버렸다

평화와 사랑이란 이름은
피에 얼룩진 총칼로 가려지고
성전이란 허울로 포장한
피 부르는 폭력을
저들은 차라리 악마보다 더하다

무엇이 그들을
피도 눈물도 거부한
어둠의 전사로 만들었나

외면당한 세계의
생명을 모독하는 무리들에게
무참히 순교 당한 우리의
젊은 천사의 피 값은
어디의 누구에게서 받아낼 수 있을까.

다시, 그 의미를 새기며

시간을 삼킨 세월은 잊고
환상일 뿐이라도 좋으니
새로운 시작을 위하여
묵은 해를 뒤로
다가오는 새해 앞에 섰습니다

어둡고 힘들었던 지난날은
지는 해에 걸어 날려 보내고
새롭게 시작하려
새해 앞에 섰습니다

고단한 삶을
흐르는 세월 속에 묻고 나서
빈손인 채 또 한 해가 왔다가
사라져간다 해도
새해맞이 문턱에서
한 마디 덕담
되뇌는 어리석음을 반복할지라도

이 시간만은
내일을 위한 새로운 꿈을 만들며
새해를 향한
의식의 허기를 메우고자 합니다

내일은 지금까지의 것이 아닌
새로움 있으리란 믿음으로.

세모歲暮

언감생심
요순堯舜시대의 태평천국은
꿈조차 멀다
기우는 나라 바로 세우려
혼신을 다 하는 사람

작은 나눔으로나마 이웃과 함께 하며
이 추운 세밑을 넘기려 발버둥치는 사람
몇이나 남아 언손 부비고 있는가

염량세태炎凉世態가 인간을 줄 세워
가슴앓이 하게 한다.

인간이 동해 깊은 바다에서 잡혀 온
생선으로 이름 지어져
조기퇴직 당한 조기
명예퇴직에 숨 멎은 명태
어느 날 갑자기 목이 잘려 황당한 황태
눈치보다 위로금조차 잘린 채 밀려난 북어
IMF위기 때 널브러졌던 생선이었지

이 고달픔 겨우 견디어 용케 살아내며
강산이 한번 변하고도 한참 흐른 세월이 왔는데
참으로 기막히게 변한 것 없는 세상사란

56세의 미 퇴직자는 도둑 누명쓰고 오륙도가 되었고
정년 45세의 고단한 사오정
38세에 직장 선방한 삼팔선
이 축에도 끼지 못해 애쓰는 20대의 태반이
백수건달
이 태백이 되어있다

카드빚에 몰려
약 먹인 자식 형제를
한강다리 너머로 오물인양 집어 던진
카인보다 더한 아비
십시일반 한 자선냄비 속 푼돈까지 도둑질하는
절박한 세상이 되어
이 겨울 세밑 세상사는 끝없는 줄에 매인
두레박에 담겨
깊이를 알 수 없는 나락의 우물
밑으로
밑으로
가속加速하는 추락이다

가진 자
힘센 자
드센 자들의 돈다발이 트럭 채
굶주린 거리를 더러운 이름의 거래 속에

망국亡國의 망령亡靈으로 난무하고
이를 잡는 수심獸心은 세상 살육의 쾌감을 씹으며
세기 말의 피 묻은 입술을 핥아대고
음흉하게 핏발 선 눈빛 아래
믿음과 희망은 질식되어
혼돈과 절망으로 썩는 수렁에
혐오스레 부침하는 세상이다

한 해가 이렇게
힘겹게 넘어가는 데
새로운 내일은 어디에도 보이지 않는다

2부 외로움에 관한 이야기

그래 그렇구나!
이 나이에
살아온 세월 이편에 서서
문득 돌아다보니
영혼까지 발가벗겨진 나만 홀로
정말 외롭게
거기 서 있구나

사람 사이

사람과 사람이 만나
이룬 것 모두를
인간사라고들 말 한다

참된 인간사란 무엇이 바탕일까

잴 수 없는 마음을
자로 재 듯
멀다 가깝다 하며
그 마음 사이의 당김을 일컬어
정이라고들 말 한다

정의 깊이는 무엇으로 재는가

아무리 애를 써도
풀어낼 현자를 찾지 못해
답답해진 세상은 자꾸
거꾸로 돌고 있다.

삼복더위

담쟁이덩굴 초록 담벼락을 뒤에 두고
조롱박, 수세미, 봉숭아, 백일홍, 맨드라미, 꽃 호박,
향기 짙은 천리향 어우러진 내 작은 꽃밭이
베란다 문 빛 가리개 발안으로 가득 담겨 들어와
수묵담채화水墨淡彩畵 한 폭 벽화로 다시 살아나고
어느 사이엔가 삼복三伏 틈바구니에서도
제 키대로 훌쩍 자란 해바라기 두 송이가
더위에 지친 거실 안 게으른 내 모습을
환한 햇살 받으며 들여다보고 섰다

삼복 장마에 쫓겨 발안으로 들어온
손바닥만한 파란 하늘이
오늘은 유난히 투명한데
하얀 뭉게구름 사이로 찾아 든
생 땀 쥐어짜는 올해의 삼복三伏은
어수선한 시절 질타하는
10년 만의 불볕더위란다

하지만
손 끝 하나 움직일 수 없는
이 힘겨움은 더위 뿐만이라서가 아니다
어지러운 정국政局
어려운 경제
뛰는 물가

날로 심해지는 실업난
힘겨운 민초들의 삶

이 천형의 나날이 7월의 삼복더위에
두루치기가 되어
모시옷에 부채살 펴며
발안의 한 폭 그림을
감상할 수 없는 염천炎天을 만들어내고 있다

참 빌어먹을 복 달음으로라도
울분 씹으며
어려운 시간을 넘겨야 할까 보다.

외로움에 관한 이야기

일상이 되어버린 인물화 그리기 공부에 몰입한
내게 외롭지 않느냐는
엉뚱한 딸애의 안부전화를 받았다

외로움이란

살다가 마음을 얻어 내고자
응석받이로

세상사 견디다 힘들면
짜증스러워서

살다 마음 나눌
이웃 아쉬우면
생각해 내는 약한 자의 울음소리 같은
그런 것 아니냐고 웃어 주고 말았지만

이순의 끝을 넘어서도록
하도나 바쁘게 쫓기며 살아온 삶이라서
그런 사치스런 코맹맹이 소리는
생각도
느낌도
누군가와도 나눌 틈 없이
오늘 여기까지 왔는데

"외롭지 않으세요?"

잊어버려 낯설던 이 말 한마디는
느닷없이 가슴 울리는
신선한 천둥소리다

그래 그렇구나!
이 나이에
살아온 세월 이편에 서서
문득 돌아다보니
영혼까지 발가벗겨진 나만 홀로
정말 외롭게
거기 서 있구나

긴 세월
무엇을 위해
무엇 때문에
그리도 힘들게 살아냈는데
남은 건 빈손 뿐

외로움이 거미줄 되어
덧없는 내 삶이
거기에 걸려 매달려 있구나.

진해항 찬가

찾는 길 잠시 막아
어두운 장복터널로
호기심 일깨우더니
검은 터널 지나자
탁 트이는 눈 앞

초록 천 흰 꽃무늬인가
지천한 꽃무늬에 물러서는 초록 너울인가
벚꽃 흰 구름
새파란 바다에 뭉클 떠오른 초록동화
시가는 한창 통통하게 살이 올랐다

숨 막힐 듯 덮쳐오는
흰빛의 요염함으로
그리 곱게도 뭉개어 바른
유화 물감인가

봄바람에 실린
바다갈매기 날개같이
가볍게 다가오며
나부끼는 도시의 향_香이
숨 가득 싱그럽다.

원가계 비경

태초의 그 누구일까
이 엄청난 손놀림

하늘과 땅
서로가 힘을 다해
찌르고
뚫고
서로를 물어 잡아당겨 늘려서
시작과 끝을 가늠할 수 없다

허공 중의 안개구름 사이
위로
아래로
끝을 알 수 없는
골짜기 깊숙이
시야는 현기증으로 하여
천 길 낭떠러지 아래로 추락해가고
내 가슴은
한 점 우주의 먼지가 되어
위치한 자리를 잊고
한없이 허공에 떠밀려 올려져
신비로운 거대한 한 폭
신의 산수화 안으로 난다.

대한해협(현해탄)을 추억하다

60년 전 어버이 손 잡혀
북북서 향 물길 너머로
할아버지 조국에 안기려
부관 연락선 배 멀미 견디며
건넴 받던 조막손이

오늘은 늙은 아내의
굴참나무 껍질 같은 손을 잡고
잡힐 듯 말듯 기억의 실타래 끝을 부여잡고
남남동 향해 해협을 가로질러 물길을 달린다

조국이 해방되고
대한민국이 서고
비극의 전쟁을 치르며
민족과 나라의 삶을 시험하는 숱한 역경을 헤어나며
나와 아내도 잔뼈 굵어가며
세월에 밀려 흐른 뒤

지금 PANSTAR 거대한 갑판에 서서
바람에 휘날리는 흰 머리카락을
자꾸만 쓸어 넘기며
저물어가는 대마도의 원경을
멀리 지나치며
먼저 건넌 어버이의 한 많던 현해탄을
지금은 내가 건너고 있다.

여객선상 건너 고오베

현해탄 건너며 해 지고
들어선 일본 내해 잔잔한 밤바다 멀리
긴 해안선 따라 도열한 고오베의 불빛
반김인지
비웃음인지
선열들의 눈물 뿌렸던 그 뱃길에
훈풍은 무심하다

바다를 가로지른 연육교의 웅장한 퍼레이드
밤 해안선을 하얗게 비추는 긴 해변고속로
히데요시가
이등박문이
고오즈미가 환영으로
보이듯 떠오르는 까닭은 무엇 때문일까

웅장함을 애써
부정하려는 내 마음은
선망일까
배 아픔일까
낭만을 감추려는 부질없는 안간힘일까

선상의 소주 한 잔이
달질 않다.

어머니

내 어릴 적 어머니는
옹기장수 도보장수셨네
삼복더위 몸보다 큰독 머리에 이고
봉숭아 백일홍 채송화 핀
현기증 나는 마을 골목길마다
흐르는 땀방울 무명적삼에 적시며
그렇게 백리길을 하루가 멀다 않고
허기진 도붓길을 날마다 걸으셨네

맞바꾼 보릿자루 머리에 이고
해질녘 붉게 타는 노을 등에 업고
삭아 해진 사립문 힘겹게 밀어 열며
흙 툇마루에 올라서서
검게 탄 얼굴만큼 그을린 부엌 안
고추 달린 자식이 짓는
보리밥 뜸 드는 냄새에
환한 웃음 띠시며
기다리다 지쳐
콧물 눈물에 일그러진 얼굴 어루만지시며
기다림의 덕을
몸으로
가르쳐 주셨었지.

명암방죽에는

쇠뜨기 풀 대궁
머리 닮은
명암타워의 음영이
우암산 타는 단풍에 싸여
아기 손바닥 만치 하얀
방죽 물에 한 그림
가득 담겼다

타는 가을 적시는
소슬 바람에 밀린
도심의 부대낌은
백조 닮은 놀이 배,
자리 안에서
무심히 둥지 틀고

고단한 오후 내내
시간은
잠자는 물위를 떠돌며
한자리에 머물지 못해
마음만 스산하다.

애증 愛憎

세상에서 가장 사랑하는 사람을
가슴 불 질러대며 미워하는 내 삶은
까닭모를
연옥煉獄의 저주다

눈동자에 숨은 감정
입가에 어린 냉소에 담고
죽어라 미운데도
미소로 포장한 얼굴 비껴들어
넌지시 웃고 있는
내 안의 기막힌 음흉스러움

사랑하니까 미워하는 건지
저주하니까 사랑하는 건지
양면兩面의 진위眞僞를 도무지 알 수 없어

짧아지는 여생을
가슴 지지고
마음 볶아내며
찰나刹那의 삶을
폐렴肺炎으로 갉아먹고 있는 중이다.

"대~한민국ㅡ"이오

이천육 년 대한민국의 시작은
참말로 "대~한민국"이었소
동계 올림픽 빙상 쇼트트랙에 금메달 몰아
"대~한민국"이었고
나락에서 벗어난 월드컵 행 축구가
16강의 대열에 나설 설렘에
"대~한민국"이었고,
WBC야구대회에 세상 뒤집는
기적 일구며 4강에 들어
"대~한민국"이었고,
일인 선수 이치로의 콧대를 납작하게 만든
일본에 극적 2연승 또한
"대~한민국"이었고,
나이어린 코리아의 낭자가
한국 피겨 백년의 역사를 바꾼 금메달로
"대~한민국"이었소.

이렇게 가뭄 속 소나기처럼 시원한
"대~한민국 ㅡ"
"대~한민국 ㅡ"
목이 쉬도록 가슴 벅찼는데

나라살림 하는 높으신 어른들
골프치기 바빠서 탈내고

땅 투기에 재산 늘린 어른
세금 포탈 비리 폭로에 머리털 세고
민초들 삶 챙기기 바빠야 할 시간을
건너 댁네 구린내 캐내느라 얼빠져
"대~한민국-"
소리를 제대로 못들은 것 같소. 그려

해만 지면 일 꾸며
날 밝기 바쁘게 속 뒤집는
개혁 일내기 바쁜 중에도

그 일 따져보기 바빠야 할 나리님
성희롱에 민초 복장 터트리고
권력 놀음 돈 놀음 로비에 얽혀
망신살 뻗친 뻔뻔스런 낯 두꺼운 어른님 향해
모두
"그놈이 그놈"
이라 하면서
표적 질러 때려잡아 일내는가 싶더니
한 분 나리 짐 싸고
손 큰사람 꽁무니 사리면 겨우 그 뿐
무엇하러 사는지 알기는 하는가 싶은
야당 여당 잘나가는 이들은
장군 멍군으로 세월아 네월아 하며
제사도 지내기 전
잿밥 몫 챙기기만 바쁘시오 그려

민초를 무서워할 줄 모르는
하릴없는 쓰레기님들일랑
모두 쓸어다가 독도 저 너머
그쪽 네들 허튼 짓거리 막이
방파 말뚝에나 쓰게 두고

올 봄에는 정말 사람 잘 가려내어
"대~한민국 -"
백 번이고 천 번이고 하늘 낮다
목청껏 소리 높여 외쳐 볼
떡 벌어진 잔치자리 좀
펴보도록 하자구요.

8월 끝 날의 햇볕 따가운 오후

윤년의 8월은 더 유난하다

혀 빼무는 더위에
숨이 턱에 닿았는데도
창문 앞 천리향 맑은 잎새의
갈비뼈처럼 핏줄 세워 나른한 잎맥까지
사정없는 햇살로 꿰뚫어내는 폭염은

산사의 기와지붕 밑으로 스쳐 나오는
염불소리가 힘겹고
한나절 매미울음은 땀방울이다
저 만치
반 만 그늘에 덮힌 채
산자락에 걸터앉은 작은 집
울타리 없는 마당가에 핀 봉숭아
소담한 꽃잎 보며
내 아내의 새하얀 새끼손가락 끝
새빨가니 물든 손톱을 그린다.

태풍이 할퀸 계곡에서

- 태풍 웨이니아

옛 한계령 마루터기에서 시작하여
오색약수터 길을
살집 날아가 허연 뼈대만 남은
시체를 넘듯
허우적허우적
사태 난 계곡을 더듬어 내려가며
하늘의 횡포 앞에
참담한 상처 입고 널브러져
들어난 폐허를 안고
주저앉아 버린
숨 막히는 재앙을 보았다.

9월 나무의 잎새

긴 장마가 막 지나가고 난
맑은 9월
찬란한 햇볕에
내걸린 새하얀 빨래 위로
피어난 솜사탕 구름 한가롭고

내 즐겨 찾는 숲엔
질긴 장마 이겨 낸
투명한 9월 나무들의
푸르름이 살아났다

긴- 폭염의 지루한 횡포
인내로 씻어낸 자리에
땀방울에 씻긴
싱그러운 9월

잎새의 맑음.

입동立冬

굳은비
질척이는 가로수 길
내 조그만 차창車窓 너머
불빛 차가운 아스팔트 보도步道 한옆
갈 곳 몰라
스산하게 쓸리고 있는 낙엽들 위로
날아와 내려앉는
초조한 냉기冷氣

찌푸린 하늘과 낙엽 길 사이로
오싹
다가와
파고드는 냉기冷氣.

인생

기다린 날의 지겨움으로
뺏긴 세월 억울해하다가
이제는
기다릴 날 조차 남지 않음 알아 챈
초조함

엎어지고 자빠지고 나뒹굴고
허위허위 쫓고 도망하다
어느 새
끝 모를 구비 길에 휘둘리며
갈피를 잃고 헤매 온 나이

오늘도
기다릴 날 없다 서러워
허둥대며
또 헤맨다.

옛 성곽 길 위에서

- 상당산성에서

겨울 이끼 파란
성곽을 끼고
호젓한 성곽 길을 걷자니
옛 분들이
지켜내신 삶의 궤적
예서 볼 수 있어 좋다

옛 날에 그랬듯이
우리 또한
이 길 위 오늘의 삶을
지켜내야 하리라.

망초꽃

오솔길 덮은 망초 꽃 무더기

한 줌 꺾어다
정성들여 만든
조롱박 꽃병 가득히
올망졸망 꽂았다

순간
스물 여남은 평 아파트 창으로부터
맑은 기운 스멀스멀
기어들어 와서는

호박꽃 흐드러지고
반딧불이 너울대던
까마득한 옛날
고향 동산으로
내 마음 신고 날아오른다

밤이슬 방울 영롱하고
둥두렷한 보름달은
저만치 떠서 웃고
하늘거리는 망초 꽃
희디흰 망울들이
끝 모르게 펼쳐져

언덕을 넘어가며 춤을 추어대고 있었지

그 속에서 우린
까닭모를 환희에 들떠
망초꽃 닮은 환한 웃음 날렸었지-

한 줌 망초꽃 속 엔
지난날의 삶이 묻어있고
오늘의 평안이 함께 하고
내일의 희망도
거기에 숨어있었다.

갈구渴求

오늘은 어떤 이야기로
우리의 믿음을 확인할까?

사랑하는 사람
언제나 그리운 사람
곁에 있어도 모자라
보고싶은 사람

어디까지 가져야
성에 찰까?
아무리
아무리 다가가도
늘 합해지지 않는 사람

정말 사랑합니다
많이많이 사랑합니다
잠시도 떼어놓을 수 없이
그립습니다.

정해년丁亥年 한가위는

몰린 삶의 하루들이 힘겨워
가슴 속에 소식을 묻어 둔 채로
정 한 번 풀지 못 하고
정해년 한가위는 그렇게 앞 뒤 세월을
싸안아 흐르고

솔잎 한 개 씹으며
난 이만큼 물러서서
그리움만 키우고 있다

보름달 보다 둥근 해후에
너와 나의 눈을 맞춰
감격의 숨결 뿜어내며
사랑의 끈으로 다시 잇는
아름다운 꿈 여무는 날의
기쁨은
내겐 마련되지 않을
호사였던가 보다

정해년 한가위는.

그리움·Ⅱ

머릿속 가득 파고드는 통증으로
눈꺼풀은 천근 무게로 눌려 오고
타는 가슴의 고통은
활활 타고난 장작 숯 화롯불 안에 있다

눈에 보이지 않아 더욱
마음을 볶는 참지 못할 보고픔은

찻잎 단 솥에 담아
매캐한 열기를 들이마시며
마음을 닦어내는 뜨거운 고행이다

씁쓸하고 달달하고 향기로운
야무진 작설차 잎 우려낸
후끈한 한 잔의 차

목 줄기 타고 넘어갔다가
울음 되어 넘어오는
숨 막히는 열기로
목구멍을 찌르며 치솟는
보고픔

애절한 마음 어찌 못해
그냥 그렇게 안고 살아야 하는

바로 그런
그리움 하나.

애모 愛慕

날마다 그리움 겹으로 쌓여
두견새 울음 저렇게
피멍울로 길어지고

세월은 덧없이
기다림 하나로만 흐른다

보고 싶어라
다가가고 싶어라
가슴만 조이는

멀리 있어도 가까이 머물고
가까이 느껴도 진정 멀어라

감아도 떠도 거기
멈추어 기다리는 얼굴

애써 물러서려하면
뒤로돌아 다가와
더더욱 가슴 설레게 하는
환한 미소.

창恋

열려
상큼하게 구획 지어진 공간 너머
펼쳐진 쪽 빛 하늘 한 폭 가득
한 아름
꽂히듯 화사하게 날아와 안기는 환영幻影

세월 덧없이 흘러
서로는 멀어져 갔지만
그럴수록 더욱 또렷이 다가서는
살 저미는 그리움을

기약 없었지만
기대는 버릴 수 없어
화려한 해후邂逅를 막무가내 손꼽으며

무너지는 가슴의 소리
한숨 버무려 듣는다.

3부 늦은 가을날의 수상隨想

부여잡는 연민으로 하여
왁자하니 무관한 무리들 틈 사이
스산한 바람에 날리는 낙엽 되어
차라리 홀가분한 여정旅情 품고 싶어라

와인 한 잔은

선홍빛 와인이 담긴
식탁위의 투명 글라스로부터
지금 막 그리움으로 다가오는
그대 숨소리를 듣는다

숨소리는
속삭임 되어 내 마음을 열고
선홍빛 심장되어 가슴을 태운다

한 잔 와인 향기 뒤에
숨어
핏줄로 스며드는 매혹의 체취
그것은 아름다운 고통이다

영혼 적시는
아스라한 아픔이다.

눈이 내리는 밤이면

눈이 내리면
하얀 눈이 내리면
나는 이른 밤 둥지를 멀리 떠나
외진 골 초옥草屋 처마 밑 찾아든
젖은 날개 채 접지 못한 한 마리 작은 산새가 된다

눈이 내리면
하얀 눈이 내리면
문창호지 밖으로 비치는 작은 불빛 봉창封窓 그리워
아직은 온기 남은 옹기굴뚝 옆으로 내려앉아
갈 곳 잃어 망연한 한 마리 작은 산새가 된다

폴폴 소리 없이
새하얀 눈이 내리면
도란도란 눈송이처럼 묻어나올
속삭임 소리
기웃거리는 한 마리 작은 산새가 된다

소복소복 새하얀 눈 쌓여
손바닥만 한 마당 한가득
새록새록 밤 이야기 펴져 나와 피어오르는
아름다운 꿈 품어 안으며
밤을 지킬 한 마리 작은 산새가 된다

하얀 눈 내리는 이 밤 내내
비쳐 나오는 불빛 받으며 조용히
하늘 가득 채우고 내려오는 눈송이 사이로
날아오르며 꿈꾸는 한 마리 작은 산새가 된다.

비

무더운 날씨에 눌려
주룩주룩 내리는 비가
주체하기 힘든 밤을 가르고 있다
내려진 발 너머
어둠을 뚫으며 아우성치는 뇌성雷聲도
번갯불에 흔들리며
쉴 새 없이 시간을 채찍질 한다

순간순간 마다
끊기는 상념
그건 적막寂寞이다

적막이 비에 젖어 내 마음 두드린다.

처서處暑

찜통더위 짜증나는 장마
달라붙어 물러날 줄 모르더니
어제 오늘은
언뜻언뜻
귓불에 서늘바람 일어
땀 밴 등줄기 식힌다

파래진 하늘엔
뭉게구름 드문드문 높게 떠 노닐고
긴 이랑에 줄 선 키 큰 수수 모가지
어느새 수줍게 내민 사이로
빠알간 고추잠자리 떼
제 세상 만났다

남녘엔 벌써 이모작 벼 수확 했다 하고
볼 붉히며 뽑혀 올라온 고구마가
잃은 입맛 돋우니
이제 곧
산촌 농원 친구로부터
살맛나는 추수 소식
폴폴 날아올 때가 되었나 보다.

중복中伏날 오후

넓은 텃밭
하늘을 찌르는 옥수숫대
이랑 너머
뭉게구름 사이로 펼쳐진
파아란 하늘 빛 따라
어느새
고추잠자리 무리지어 돌아 날고

빠알간 고추가 하나 둘 셋
매달리기 시작했다

막바지 폭염은
등줄기를 타고 내리는데

그래도 사이사이
맑은 바람이 흐르는 땀 훔친다

지루한 장마는 이쯤 물러가려나
초록빛으로 너른 들 가득 다시 생기 일어
깊은 골 파인 농부의 이마에
바쁜 거둠의 꿈 일구어 주려는 게다

농가 마당가
감나무 짙어진 그늘 아래 강아지 한 마리
게으른 오수로 시간을 즐기고 있다.

세모歲暮 깊은 밤 함박눈이

세모의 오후를
소리 한 번 내지 않고

푸짐하게도
참을성 없이 내려

고장 나버린 설 대목
골 주름 짓고 기웃대는 행인들
얄팍한 지갑 넘겨다보며
인정머리 없는 눈발에
어설픈 외면만 한다

안 판다 못 산다 흥정 끝에 함께 지쳐
애 저녁에 철시해버리고만
텅 빈 전통시장 졸고 있는 조명등 불빛 따라
엉긴 한기寒氣 불러들이고 있는
투명한 돔 천장을 덮었다

소복소복
급기야

흥정소리 함께 묶여
소득 없이 길게 누워 있는 좌판 대열 너머
가늠 안 되는 깊이로

세모의 늦은 밤 적막을 부추기며
염치없는 함박눈이

하얗게, 하얗게
내리 덮었다.

너는 내게 무엇이길래

내가
이처럼 기다림에 지쳐 있는데
넌
어디를 향해 가고 있니?

내가
숨 막히도록 애태워 그리워하고 있는데
넌
누굴 향해 마음 주고 있니?

내가
네 안에 있고 싶어 안간힘 중인데
넌
나를 얼마큼이나 밀어낼 거니?

내가
이토록 목마르게 갈구하고 있는데
넌
무슨 일로 날 잊고 있니?

내가
이토록 마음 산란해 하고 있음을
넌
왜 몰라라 하고만 있는 거니?

너는 내게 도대체 무엇이길래.

이런 사람을 사랑하고 있습니다

기다리다 못해 사랑한다 말해도
"사랑해요"
답해 주지 못하는 사람

보고 싶다 말해도
"와주셔요"
말 해 주지 못하는 사람

네가 보고 싶어 울고 있다 말해도
"참고 기다려주셔요"
달래줄 줄 모르는 사람

안아주려 다가서면
속마음 감추고
모른 체 물러서는 사람

그런 사람을 내가
가슴 저미며 지금
사랑하고 있습니다.

비원鄙願

진한 쪽빛 하늘
햇살 사정없이 쏟아져 내리고

이 한 낮
그리움은 참기 힘든 뜨거운 아픔이다

아아
목마르게 그리워해도
그러나 답은
비웃음 닮은 침묵뿐

이렇듯 무심함이
가슴 후비는 아픔으로
살 저미는 비수되어 마음 찔러오고

원망은 단지
공허로 이어지는 독백일 뿐

기다림은
피멍으로 타올라
까만 그을림으로 남는다.

섬진강 재첩국

지리산 천왕봉 그 큰 허리
안고 돌아 내려
흐른 땀 닦아내며
섬진강변 너른 물줄기 따라
후여후여 내달리다 만난
강변 할매집 재첩국 간판

철 늦어 강을 휘저어 잡아 올리는
재첩은 볼 수 없지만
맞아주는 할매의 인정에
상머리가 훈훈하다.

가을비

해 떨어지고
비에 젖어 추적거리는 광장 보도로
바람에 쓸려가 쌓인 낙엽

석양 노을 시새워
타들어가던 단풍의 호화로움
이젠 어디가고

소매 끝으로 스며드는
한기만 심란하다

비질하듯 바람에 너울지며
내리는 빗줄기에
낙엽은 패대기쳐진 폐기물이다

이렇게 아름답던 가을은 끝이 나는가
심술궂게 추적이는 가을비.

첫눈 내리는 날의 영결永訣

입동立冬 따라 왔는가
정적에 잠긴 목련 공원묘지
채 지지 않은 단풍나무 빨간 잎들 위로
내려 덮이는 새하얀 눈, 눈, 눈송이들

일생을 아기처럼 살아 낸 어른 한 분
첫눈 내려
먼 길 나서는 영혼을 순정純情하게 기리고 있다
정적靜寂으로 소복소복 덮어 주며

어른에게 그랬고
자식에게 그랬고
이웃에게 그랬고
어려운 자 모두에게 그랬다
내 것 남기지 않고 다 내주고도
언제나 더 못 나누어 미안타하시던 생전의 삶

생을 달리하고 마지막 떠나가는 이 시각에도
곱던 속마음 감추려고
순백의 눈으로 이승을 덮으려 하시는 가

바람까지 잠든 공원묘지를
보송보송 덮어주는
평안한 안식이
조용조용 쌓이고 있다.

사십구일재四十九日齋

살아서 슬픔이었기에
바람에 실어
띄워 보내는 넋 하나

떠나니 더욱 더
목메는 아픔
핏발선 눈에 흘러넘치는 연민
후련해져야 할 이별인데
어찌 이리 슬퍼만 지나

향연香煙에 싸인 영전靈前
슬몃슬몃 피어오르는 저 너머 저승
이승의 못 다한 인연 너무 서러워
차마 돌아서지 못하는 머뭇거림.

- 장애아 자식의 葬送

이 가을에는

그대여 ! 이 가을에는
눈부신 햇살에 물들기 시작한 단풍 되어
영롱한 잎들 화려한 빛깔 그 교태로 다가와
아름다운 사랑의 춤을 보게 해다오

울창한 숲의 문 성큼 열고 나온 정령이 되어
곱디고운 사랑의 이야기로 내게 다가와 다오

그대여 ! 이 가을에는
바람이 비우고 간 스산한 가슴 채워줄 단풍 되어
열정에 불타는 그 빛깔 훈훈한 입김으로 다가와
누구라도 좋으니 정겨운 이야길 함께 나누게 해다오

햇빛에 우려낸 단풍빛깔 물든 몸짓 되어
달디 단 사랑 이야기 담긴 꿈을 잉태하게 해다오.

은반의 여신이었어라

- 연아의 피겨스케이팅은

아-
나비
나비이었어라
막힘없는 트리플 러츠·트리플 콤비네이션은

아니
제비
제비이었어라
화려한 더블 악셀·더블 토루프·더블루프
콤비네이션은

창공을 마음껏 활공하는
한 마리 백조의 몸짓이었어라
활짝 펼친 나래짓 유나스핀과 스파이럴 시퀀스는

신기神技의 단독 3회전 점프
요정의 몸짓 하나하나
뇌살腦殺의 비수匕首로
지구촌 수십억의 가슴 찔러
숨 막히는 감동에 눈을 뗄 수 없었나니

활짝 펼쳐 보인 은반銀盤 위
플라잉 싯 스핀과
체인지 풋 콤비네이션 스핀 끝

화려한 일순의 정지停止

「눈부시게 아름다운 연기
여왕폐하 만세!」
탄성에 실려 터져 나온 외마디 이 말
이보다 더한 찬사 뉘 또 받을 수 있었으랴!

대한민국은 자랑으로 마음 저린
감동의 눈물이었고
온 세계는 숨 막혔다 터지는
탄성이었어라

시공을 초월한
여신女神 탄생의 순간이었나니

자랑이었네
진정 고마움이었네
우리의 연아여!
대한의 자랑스러운 딸이여!

초춘招春

처마 밑 들보에 매달린 옥수수 씨앗 자루에
스쳐 지나가는 바람도
어저께까지 들이치던 칼바람은
아닌가 보다

입춘대길立春大吉 건양다경建陽多慶
묵향墨香 새롭게 팔자八字로 나붙은 문머리 위
복조리 꾸러미 안에 담긴 온기로
어느새 겨울은 조금씩 녹아내리고

철 잊은 늦겨울 비가 쌓인 눈 녹이며
살 에이는 한파도 잠깐 심술이더니만
우수雨水 지나자
슬며시 담장위로 물러나 눈치보고 있고

댓돌 밑 어설픈 양지에 웅크린 복슬강아지도
콧등 넘나드는 바람기에
잔등 털 폴폴 나부끼며
콩콩 성급하게 봄을 부르고 있다.

봄에 내린 폭설

참 대단한 날이네
경칩 지나 벌써 삼일인데
낮 내내 질척이던 비
해 저물며 눈발로 바뀌더니만
어느새
아파트 광장 가득
하이얀 눈 내리 덮이고
하얗게 치장하고 도열한 자동차들
얼어 그 자리에 말이 없다

가로등 떠받든
흰 눈 업은 솔가지들 휘도록
바라는 오동지伍冬至 눈비도 아닌데
엄청난 폭설로 쌓이더니만

더하여
섣달 삭풍 닮은 한풍
날 선 휘파람 소리

가로등 불빛 가리며
날리는 눈가루가 어지럽다.

어지러운 세정世情 나무라는
호된 질책인가
마음 가누기 어렵다.

춘설 春雪

장황하게 내린 눈
푸짐한데
큰 길 가로수 사이를
날리는 눈가루가
꽃샘추위를 부추기고 있다

아파트 광장 지하 차도 입구를
곱게 싸안고 돈 눈 위의 차량 운행 궤적은
작은 학교 운동장
을씨년스런 육상 트랙이다

혹독한 한겨울 추위 닮아
쌓인 춘설春雪 몰아붙이는
바람소리에
이 밤 외로운 가로등 불빛까지
추위에 떨고

날리는 눈발
내리는 눈발
하나 되어
올해도 경칩 추위가
움츠린 소매 속으로
만만찮은 한기를 밀어 넣고 있다.

차창 너머로 다가온 봄

참으로 오랜만에
다가오는 봄날 기리며
남행 KTX에 마음을 실었다

넓직한 차창 너머
겨우내 동토凍土였던 산야에
부드러운 연무 아득히 깔리고
탁 틔어 쉼 없이 돌아가는 들녘엔
스멀스멀 달콤한 봄기운 내려앉고
동면의 느슨함 흔들어 깨우는 시간의 기운

잘 뻗은 길들이 함께 달리고
남녘 향해 줄줄이 선 비닐하우스의 도열堵列
산하는 분명 엄동에도 잠들어 있진 않았다

어느새 강물의 유연한 흐름에 마음 풀리고
오오!
지금 이 시각
넓은 남녘들엔 보리밭 아닌가
푸르디푸르게 물오르고 있는 것은.

서해여 왜 그리했는가

- 천안함의 비극

무심한 하늘의 심술인가
어지러운 인간사 은원 얽힘의 경고인가
서해여 왜 그리 했는가
무엇이 그리도 자신을 분노케 했기에

내 조국
내 부모형제 지키려 목숨 내놓고
거친 물 살 가르던
우리의 아들들을 보호해 주지 않고
어찌 그리 무참하게 앗아 갈 수 있는가

귀중한 삶 채 영글기도 전
젊은이들을
왜 그다지도 모질게
거두어 가도 모른 체 했는가

해 걸러
걸핏하면 저지르는 저들의 악행을
서해여 왜 그리 막아주지 않았는가
그리하지 않으면 안 될 무엇이라도 있었는가

이제 그만
열심히 사는 우리에게
참되게 살아내려는 우리에게

다투고 싸움질하지 않으려는 우리에게
질시 투기하지 않는 우리에게
화합하고 협력하려 마음 여는 우리에게
서해여 왜 그리 거들지 못 했는가

아아
서해여 왜 못된 저들에게 그리 무심해야만 했는가
이제라도 저들을 일갈—喝해 깨우쳐 줄 수는 없는가.

풍경 소리
- 마산 무학산 서학사에서

천년 단청 단아한
산사 처마 끝에 매달려
사바娑婆 중생衆生 영겁永劫의 업보 달래는
그윽한 저 울림
자비慈悲 다한 불타佛陀의 독경讀經일레라

이름 모를 산새 귀 기울이다 막 떠난 자리엔
흐드러진 산 벚꽃 수줍은 매무새로
눈부시게 피어나고
산객의 이마에 송알송알 맺힌 땀방울조차
스치는 실바람에 정겹다

끊겼다간 이어지는
고요 닮은 저 소리.

연가戀歌

감아도 떠도 떠오르는
얼굴 하나

깨어 있어도
잠들어 있어도
설레게 하는 모습

그리움 한 가득
화인火印되어
내 비밀스런 영혼
부끄러운 곳까지
숨어들어
지워지지 않는
목 타는 갈증

멀리 있어 더 가까운
떨어져 있어 더 아쉬운
잊혀질 수 없는
사람.

염원念願

가녀린 꿈이
송두리째 찢겨버린
무심함으로 하여

암울은 마음 깊숙이
어떤 것으로도
재어 볼 수 없는
육중한 둔통鈍痛의 길이로
허무하게 솟아오르는

단절된 대화·정의 교감은
의지를 억누르고
어둠 안에 찬란하리만치
눈부신 비애悲哀로 깨져 비산하고

아무 것도 얻을 수 없어
한갓 헛되이
본능에 주눅 든 채
아무리 갈구해도 그 뿐
피안彼岸의 단애斷崖에 오만한 체 서서
결코 가까이 다가와 주지 않는 모습을

무엇이라
아름다이 이름 지어
목말라하며 간직해야 하는가.

늦은 가을날의 수상隨想

엷어진 햇살에 한기 가득해진
보도를 지나
재래시장 먹자골목 목 늘이고 들어가
끓는 시래기 선지국 김 서린
목로술집 한 뚝배기 막걸리 되어
이 늦가을
삶에 밀려 지친 입술에
온기로 닿고 싶어라

목울대 너머
시린 창자를 찌르는 각성覺醒에
이쯤 일상 돌아보는 자아自我를
부여잡는 연민으로 하여
왁자하니 무관한 무리들 틈 사이
스산한 바람에 날리는 낙엽되어
차라리 홀가분한 여정旅情 품고 싶어라.

4·19 국립묘지에서 아가에게

초가을 햇볕 온몸에 받으며
4·19 국립묘지 너른 광장에
내려앉은 비둘기 떼를 뒤로 하고
곱게 뒹구는 낙엽과 함께
쪼그리고 앉아 있는 어린 아가야!

지금 무엇을
그리도 골똘히 들여다보고 있는 거니

아가야 !
눈물겹도록 화사하게 쏟아지는 햇빛
평화스런 한낮 이 고요한 정경의 의미를
알아 볼 수 있겠니?

독재 권력의 억압과 통제에 맞서
맨주먹으로 일어서 싸우다
남해의 외진 바닷가에서
통치자의 어두운 안가 한구석에서
피범벅이 된 도시의 거리에서
민주와 자유를 피나게 목 열어 외치며 산화散華해 간
반세기도 훨씬 지난 그때
네 할아버지 할머니들의 피 끓던 젊음이
저 웅장한 기념탑 너머
고즈넉한 묘역에 잠들어 있는 것을…

나는 지금 옷깃 여미며 아가 곁에 감도는
참으로 평온한 공기를
숨죽여 경배하고 있단다

아가가 자라서
묘지에 잠든 영령들의 나이에 이르러
그 위대한 민주화 운동을
아가의 다음세대와
그 다음의 세대로 이어가며
설명할 수 있어야 한단다

아가의 이 안락한 산책의 행복함을
무럭무럭 어서 자라
배우고 가르쳐야 할 때가 반드시 오게 해야 한단다

자유 조국의 싹이 나고
무성하게 자라 오늘에 이르고
더 번성할 미래를 위해

얼마나 많은 고귀한 피를 희생 했는지를…

아가야 ! 어서 어서 잘 자라서
이 광장에 내린 오늘의 안락한 평화를
심장으로 알아 가야 한단다.

4부 솟아라 해야!

어둠 밀어내며
은빛 설원 능선을 딛고
해야! 광활한 새벽 열고
솟구쳐라
힘차게 솟구쳐 올라라
이글이글 불붙는 열정으로 올라라
온 나라에 새 힘 넘치게

겨울, 그 여울목에는

흩뿌려 던져진 세월의 비산飛散에 이는 바람
휭하니 상념 헤집고
빛바랜 햇살 차가와진 피안彼岸 이쪽으로
석양의 흐름에 실려 온 겨울, 그 여울목엔
한기에 잠식당한 계절의
얼음장 밑 날 선 서릿발로
의식 할퀴며 굳어가고 있지만

그러나
긁힌 살 껍데기 위로 솟는 핏방울 같은
생명의 소리는 있어
숨 죽여 들여다보면
그 곳에 살아있는 우주가 도사려 숨 쉬고
새로운 내일을 잉태할
인내와 은둔의 값진 기다림이 준비되어 있다
죽은 것 하나 없는 생성 위한 휴면인 채로.

이 무슨 재앙일까

- 구제역 난리를 겪으며

경상 충청 경기 강원도,
아니 온 나라 안 곳곳에서 온통
소. 소. 속없는 소 떼들이
송두리 째 죽어간다

항변 한 번 내지를 줄 모르는 돼지 떼들이
속절없이 땅에 묻혀 사라져 간다

사슴. 사슴 떼들이 덩달아
영문도 모르고 넘어가고 있다

누가 무슨 죄를 그리 많이 지었길 래
이들이 대신 받아야 하는 천형天刑일까

잘난 이들의 밥그릇 챙기기 아귀다툼이 미워
하늘이 보여준 노여움은 아닐까

하늘 무너지는 소리 들린다
땅 꺼지는 한 숨 소리 들린다
누가 보듬어 주어야 하는 일일까

인재人災, 인재라 했는가

아무리 가슴 쓸어 봐도
대답 없어 속수무책이다.

백 년 만의 폭설

신묘년 하얀 토끼 닮은 서설이었으면
오죽 좋았으랴

청정한 동해 아름답던 바다 그리고 하늘
왜 이리 성이 났을까

어른 키를 넘어 가위 눌리는 폭설은
견디기 힘든 시련이다

이 나라 착한 이 모두
달려들어
밀어내고 쓸어 내려도
엄청난 천재지변은 물러서지 않는다
백 년 만의 큰 시련을 어이할고

새해 벽두부터 몰아닥친
이 고비를 어찌하든 이겨내야 한다
마음도 몸도 모두 다시 한 번 이겨내야 한다

강원도 두메산골 몇 날을 하얀 눈에 묻혀…
너무 많은 눈에 묻혀
문밖 발자국 하나 낼 수 없는
적막강산의 고립으로 발만 동동 구르고 있단다.

봄 기다리기

당신 아직
내게 손 내어 줄 수는 없나요

당신 혹여 이처럼
기다리는 아픔, 겪어 본 적 있기나 한가요

이토록 애타게 기다리는데
기다리고 있는데 …
꽃망울 하날 기다리라고만 하나요

독한 꽃샘추위 뒤에 숨어
미소 짓고 있는 당신, 정녕
기다리는 마음 몰라라 할 건가요

얼마나 더 기다리고 나서야
꽃소식 전해줄 텐가요.

꽃망울 찬가

앙증맞은 작은 몸짓은
살 에이는 혹한의 시샘으로
옥죄임 강요받은 시련

숨죽여 견디어 내며
말문 닫혔던 가슴앓이 끝
상실로 상처 났던 자리 다독여
마침내 피워낸 승리의 깃발

풀릴 듯 다시 휘몰아치는 꽃샘추위조차
막무가내로 버티어낸 생명의 소리 없는 외침

갈구渴求 하던 해빙의 구원 얻어
해맑은 웃음 안으로만 키워낸
드디어 얻어낼 생명에의 목마름이었어라

굳은 껍질 스스로 벗고 일어서
순정純正한 순백으로
수줍음 머금은 연분홍, 더하여
정열 넘치는 붉음으로
새로운 생명의 성장을 위해
연초록 꿈 피워낼 풍요 잉태한 후에야

비로소 웃음 앞에 마주한
새 날 위한 당당한 외침이다

화려할 날들의 환희를 부르는.

아파트 작은 창 안에는

아파트 단지 눈 보다 높이 건너다보이는
작은 창가엔
봄 오는가 싶더니
어느새 파란 덩굴이 휘감아 내렸다

할아버지
팔자수염 닮아
포근한
초록 미소

따뜻한 햇살 받은 창 안에
아이의 손에 들려있는
동화책 내용은 어떤 것일까

가로등 소묘素描

존재를 가늠할 수 없이
갇혀버린 왕대나무 숲이었다
눈 뜨기 조차 힘겨운
세찬 장대비의 횡포는

삼지三枝사방四方 어디로도
열리지 않는 단절이었다
섬광으로 내리꽂는
뇌성벽력雷聲霹靂은

질펀한 포도 위를 미칠 듯 뛰고 있는 빗방울 헤며
침묵으로 어둠을 밝혀주는 외로운 빛이었다
폭우의 가학加虐을 맨얼굴에 받아 내리며
몽롱한 이야길 홀로 빚고 서 있는 그는.

계곡 정경情景

저다지 맑은 속내
겁劫을 세며 지어 낸 숲의 노래
돌돌돌 정겨운
속삭임 즐겁다

담근 발바닥 간질이는
바람이 씻어 준 모래들, 조약돌들
송알송알 방울로 솟아
부딪혀 내는 몸짓 싱그럽다

이끼 낀 바위에 안기어
와자한 한 판 물싸움에 씻긴 더위
첨벙대는 동심은
계곡 한 가득 이야기꽃으로 살아났다.

9월 맞이

때 지난 늦더위를
노염老炎이라 했던가
하 그리 많이도 여름내 퍼붓던 비의 횡포가
모든 것 쓸어가 버린 황폐 위로
내리 쬐는 염천의 가혹함이여

이제는 그만 멈추어 줄 때가 되었는데
이제는 좀 놓아 줄 때도 되었는데
숨 돌릴 사이 없이 찾아오는 엄청난 더위가
모든 걸 삶아댄다

이 심술궂은 하늘의 뜻을
어떻게 받아들여야 할까
시련 멈추라 간구하는 마음 여미어
구월 앞에 서 있는데.

어딜 향한 걸음이었소?

산을 사랑하여
산을 찾아 갔던 벗이여
우리 곁을 홀연히 떠나
이승의 다리를 건너 멈춤 없이 날아 오른
그 어둠의 시간을 원망하오이다

그토록 밝고 아름다이 삶을 지어 가던
그 정열 접어두고 어이해
남은 이들의 가슴에
하늘 무너지는 아픔 매정하게 안겨주고
돌아 설 줄 모르는 걸음을 하였소

설악 천불동 계곡 깊은 골 내려다보는
칠성봉 언저리
권금성 너머 능선이 그렇게도
벗을 반기더이까
믿어지지 않는 비보에
하늘을 의심했었소이다

벗에겐
이승에서 해야 할 일이 아직도 너무도 많이 남아 있어
지금 이 시각에도 벗의 손길을 기다리고 있으오이다
벗을 하늘로 알고 기대온 가족과
늘 웃음과 즐거움을 선사했던 그 많은 친구들과

존경하며 변함없이 따르던 숱한 제자들
그리고 마음 열어 반겨 주었던
벗의 이웃들이 있었건만
손 한 번 잡아 줄 시간조차 허락 않은 채
그렇게 청산의 넋이 되어
무정하게 달음질쳐 갈 수가 있었소이까?

백수를 다 살아도 못 다 이룰 만큼
세상 사랑에 빠져 있던 그대가
이렇게 훨훨 털어버리고 우리 곁을
어떻게 떠나 갈 수 있었단 말이오

단 한 번의 뒤돌아 봄도 없이

오늘 우리는
벗의 새 유택 앞에
가슴 찌르는 통증을 안고 오열하는
그대로부터 사랑받던 많은 분들과 함께

고개 숙여 합장하며 명복을 빌었소이다

지금 이 시각
양지 바른 목련 공원
새 유택에 몸을 누이고

어딜 향한 그리도 바쁜 걸음이었소?
그래 지금은 어디쯤 가고 있으시오?

부디 가고 있는 길이
광명한 세상에 햇살 따스한
안식의 길이기를 비오이다

마음 모아 간구하나니 부디
이승의 여한 모두 훌훌 털어 비우고
그저 도도한 걸음새 그대로 나아가소서

벗이여!
벗이여!
사랑과 믿음을 일깨워 준 벗이여!

나목이 품은 생명

소멸이 아니다
내일의 생명을 잉태한
힘찬 탈태脫胎의 시작이다

헐벗음이 아니다
새로운 채움을 위해
남김없이 벗어버린 비움이다

자애로움이다
생성의 아픔 딛고 풍요 이룩했던 힘듦을
뼛속까지 감춘 겸손의 자태다

쇠잔함은 더욱 아니다
어기찬 삶 살아 내 우악스레 불거진 몸
동면凍眠에 담아
재생의 미덕, 차가운 햇살까지
영롱하게 담고 있음이다.

솟아라 해야!

- 새해 원단을 기리며

여명黎明 힘차게 밀어내며
광원宏遠한 바다 너머 수평선 그곳으로부터
황금 빛 격렬한 비등沸騰의 선율旋律 딛고
해야! 휘황찬란하게 솟아올라라
용틀임으로 솟구치며
온 누리를 덮는 맑음으로 올라라
새날의 광휘光輝로움 가득하게

어둠 밀어내며
은빛 설원 능선을 딛고
해야! 광활한 새벽 열고
솟구쳐라
힘차게 솟구쳐 올라라
이글이글 불붙는 열정으로 올라라
온 나라에 새 힘 넘치게

이 아름다운 우리의 바다와 땅
거룩한 서광이 넘쳐 나도록
밝혀라
빈자리 없이 어둠 밝혀라
고르게 가림 없이 밝혀라
모두의 환희로 웃음이게 하라

임진王辰년

134

상서로운 흑룡黑龍의 정기 담아
더 바르게
더 힘차게
더 더욱 아름답게 살아 내도록

새날 향해
우리 모두의 꿈 펼쳐 마구 내달릴 수 있도록
그렇게
그렇게.
인도하라.

임진년 경칩驚蟄 날에

정작 놀라 뛰어 오를 개구리는
만설晩雪 아래 깔리어 아직도 숨 고르고 있는데

상서로운 흑룡黑龍의 해라더니
엉뚱하게도 세상 온갖 것들만 천지 분간 못하고
이 일 저 일 못 가린 채
벌써부터 뛰어 오르기 시작했다

크게 뛰어 올라야 할
나라 빛낼 큰 용龍은 보이지 않고

지지는 이
볶는 이
도둑질한 이
빼앗은 이
빼앗겨 억울한 이
천지를 모르고 까발리는 이
잘난 체 시건방진 이
변변찮게 꼼수 피는 이에
덩달아 서민 울리는 물가物價까지 뛰어올라
와글와글
시끌시끌
온 나라 안이 우지끈 우지끈 몸살이다

이 끔찍한 속 끓임
대체 누가 달랠 수 있을까

망둥어 뛰어 오르는 갯벌 진창에
꼴뚜기까지 거드니
기가 막힐 일이다

어찌하나 온통
사해四海가 뒤엉켜 들끓고 있으니.

연민

담아둔다 득 될 없고
털어버린다 떼어지지 않는
잘못된 인연의 끝 모를 옥죄임
그 안에 갇힌
영혼의 운신運身이 너무 버거워 보인다

살을 파고드는 혹독한 고통의 굴레를
어서 벗어버리라고
긴 세월 함께 매달려 빌어주었지만
벗었다 싶으면
다시 입혀지는 그건
아마도 네겐 숙명宿命이었던거야

비워라 잊어라, 같이
애태워 염원해주지만, 그 뿐
벗어나지 못하는 아픔을 지켜볼 수밖에 없으니

겪고 있는 저 고통을
나는 무슨 연유로, 안타깝게
함께 아파만 해줄 수밖에 없는가.

동백꽃 예찬

녹다 만 눈발 밀어내며
불같은 열정 온몸에 퍼 담아
그렇게 붉게 피어 마음 사로잡더니만
가는 걸음 또한
숨 돌릴 새 없이 이리도 빠를까
피어나자 이내 지는 순정이여

피어남 곱더니
지면서도 애태우는 아름다움
떠나는 모습까지
섬뜩하게 깔끔해
정 뗄 사이도 주지 않는다

스스로 죽음까지 가꾸어
한 줌 추함 없이
주검조차 그냥 꽃인 채
처연한 사랑 일깨우니

지고서도 고운 동백 주워 모아
가슴으로 품는다.

천형天刑의 상처
- 볼라벤 그리고 덴진의 피해

돌아서 가는 계절 몰아치듯
비정하게 요란 떨며
풍요 구가謳歌 하던 농심 짓이겨 흩트리고
분노와 절망만 안겨 주고 몰라라 돌아선 천심天心

지옥의 사자인들 이보다 더 할까
그 잔인함 어디에 숨겨 두었던 비기秘器였을까
거꾸로 처박힌 인내의 한계점은
처음부터 계산 밖의 가치였다
인간의 배신이 있었다 한들
신의 벌칙은 한계 없는 냉혹함이었나
영혼 꿇은 비원悲願도 몰라라 한 외면

혼비백산한 이 땅에
칠흑으로 퍼붓던 폭우
심장을 지르는 뇌성까지
미증유未曾有의 횡포에 짓밟혀 뭉개진 사위四圍는
아비지옥阿鼻地獄.

부서지고 깨진 터전은
속수무책으로 넋 잃어
울음조차 빼앗긴 절망이
목조여 나뒹굴고 있다.

산 너울은

산정山頂에서
미망迷妄 깨우는 함성을 본다
광대무변廣大無邊한 사계를 향해
끊임없이 토해내는 산의 함성을.

그건
끝없이 꿈틀대며 너울져 흐르는 능선들의
생명력으로 빚어내는 움직임의 향연이다
머물 듯 조용한 안식인가 싶다가
거부할 수 없는 육중한 무게로 다가와
마음을 사로잡는
통 큰 삶의 의지를 보여주는 힘찬 율동이다
노래다

바로 그건
겹치고 포개지고 어우러져 천공天空을 품는
생명력의 비상飛上이다.
무리지어 휘날리는 포용의 깃발이다

삶의 의미로 가슴 설레게 하는.

해질녘의 바다에는

설핏한 파도에 실린 일몰이
수평선 너머로 가라앉고
갈매기 울음 닮은 햇살의 여운이
적막한 수면에 부서져 찰랑이는
와인 빛 석양을 마신다

이윽고
안기 듯 다가오는 어두움에 취해
감은 눈에 색 고운 한 마리 나비는
저뭇해진 빈 바다 위를 날아오르고

고요의 시간을 숨 쉬는 명상이
잘디 잔 파도소리에 귀 기울이는
이때쯤 드디어 평온은 온다

깃털처럼 가볍게.

적설積雪

숲 나직이
좁게 뚫린 오솔길 옆
잎 진 가지 사이로
보일 듯 말 듯 수줍게 잔바람에 흔들리고 있다

주인 없는
작은 새둥지가
새하얀 겨울 이야기만 가득 담아 이고서

너무
정겨워서

너무
앙증스러워서

도무지
눈길 돌릴 수가 없다

그리움 가득
미소 짓고 있어서.

입춘立春 일기

우직하게 내리는 진눈깨비 내다보며
대학의료원 진료실
교수님 앞에 마주 앉아
엄동嚴冬 지난 입춘을 검진 받는다

입춘대길立春大吉
건양다경建陽多慶
행운을 빌면서도
마음은 자꾸 작아져서

청진기 목에 건 인자한 눈매
고운 잔주름 애태워 살피며
어떤 처방 나올까
입술만 바라본다

오는 봄에는
"기력 찾아 펄펄 날아보라"

한마디 그 말 기대하며.

우수雨水의 이른 아침

눈 발 내린 듯 만 듯
새벽녘 냉기가 어둠 따라 사라지고
아직은 일러
휑한 큰 거리

눈발 녹여 씻은
회색빛 투명한 아스팔트 넓은 길 위로
솟는 새벽 햇살 반겨
녹은 눈 눈물로 번져 반짝이고

데운 속살 냄새 같은 봄은
이미 조금씩 다가와
뜨일 듯 말 듯 옅은 물안개 되어
스멀스멀 엉겨 피어오르는 데

그래도
아직은
하얀 입김이 유리창을 가린다

조급해 말라며.

남행 일기

기다리기보다
찾아가는 게 좋으리라
마음먹고 나선 길인데
남행 봄맞이가
너무 성급했는가
진해 군항제가 곧 시작된다 하던데

거제도는 어떨까
연분홍 진달래 시샘하는
남해의 청정한 바다색깔 그리워
무작정 찾아가는 길에선
무엇을 만날 수 있을까
무엇을 얻어 낼 수 있을까
청보리 푸른 물결 지천할 차창 밖 여로는
아직은 황량하지만

스쳐 지나자니 웅크렸던
나무줄기마다
어느새 연초록 기운이 감돌고 있다

길 나서길 참 잘했다
힘이 솟는다.

5월 바닷길은
- 거문도, 백도길

무작정 끝 모를 수평선 하나
그어 놓고
잘 지켜보라
물안개 저리로 섬, 섬, 섬
드문드문 벌여 놓았다

숨 가쁘게 퉁퉁대는
덩치 작은 유람선 선내 스피커엔
트로트의 메들리가 흥을 돋우고
한가롭게 따라붙는
갈매기 떼의 비상은 춤추는 미희들의 유혹이다

따뜻한 봄날 덕분이겠지
검푸른 바다를 하얗게 부수어
겹겹이 허공에 말아 올려 밀어내는
선체의 요동이 오늘 따라 흥겹다

지금 힘차게 소리치고 있는 건
달려 나가는
엔진소리인가
바다에 마음 빼앗긴 내 심장의 고동소리인가

5월, 가없이 너른 바다
시간이 이곳에서 잠시 맴돌고 있다.

봄의 여운

은은한 향내 뿜는
연분홍 빛 흐드러진
하늘수수꽃다리
화사함에 취해
한 마리 나비가 되었네라

가는 봄날 아쉬워
꽃 더미에 반만 숨어
순간을 정지시키고 선
여인의 황홀한 미소를
카메라에 담는다

무심한 시간의 흐름은
빠르게 봄을 밀어내려 하지만
아랑곳 않는 꽃은 그저 화사하기만 하다.

회귀回歸를 꿈꾸는 여로

희수喜壽를 눈앞에 둔 친구들
쌍쌍이 짝을 지어
회한의 세월을 더듬으며
자분자분 남행길을 나섰다

6월
녹음의 싱그러움 감겨드는
시원히 뚫린 고속도로 그 길 위로
지난 세월 향해 달음질치고 있다

눈이 멈추는 곳 모두가
저리 아름다운데
왜 지나온 인생사는 험하기만 했을까

할 수만 있다면
옛날로 돌아가
흐른 세월 모두 지우고
새롭게 새 날 맞으며 살아보고 싶다.

말복末伏의 오솔길 숲

오솔길 한가한 숲이 온통
매미 울음으로 울창하다

입추 지나 맞은 말복인데도
대지는 갈증으로 목이타고
폭염으로 초죽음인 채
마른장마 속 뇌성벽력에
지친 이들의 대상을 잃은 원성 넘치고
사위四圍가 뜨겁게 타들어가
비닐하우스 안이 폭삭 삶아져 주저앉고
과수果樹들의 몸살은 낙과落果로 이어지고…

강풍에 삶의 맥이 동강나자
집중폭우로 존재가 송두리째 파묻히는
최악의 세기말 기상이변이란다

누구의 어떤 잘못 탓일까 가늠해 볼 겨를도 없이
큰 일 저지르고 지나간 자리에
다시, 또 다시 반복되는 재앙의 반복은
모두의 가슴 갈가리 저며 놓았는데

시치밀 뗀 오솔길 숲
무심한 매미 울음만
오직 홀로 울창해지고 있다.

칠석유감 七夕有感

한증막 날씨의 횡포 때문일까
이 맘 때 지천으로 날던
잠자리조차 드문드문하다

어인 일일까
수확 끝난 빈 옥수수 밭 대궁 위로
떼 지어 춤추어야 할
그들도 극심한 더위에 지쳐
요란한 먹구름 마른장마에 몸을 사리는가보다

까막, 까치들도
이 참기 힘든 더위 어찌 견디며
오늘 밤 견우직녀 해후할
오작교는 놓아 줄 수 있을까.

'사랑한다'는 그 말

어려선 받기만 원해 떼쓰며 매달렸고
젊은 날은 가슴 조이며 주기보단 받으려 애태웠고
늦은 나이엔 다가와 주기만을 안달로
마냥 보채며 기다린
긴 세월 한결같던 모자람 채우려
늘 다급하게 내뱉은 그 말

모든 욕망 놓아버리고서야
비로소 안식은
마음으로부터 찾아온다는 섭리를
왜 이제 겨우 깨닫게 되었을까

헛됨 부정하면서
아등바등 살았던 한 세월

행복이란 걸 얻으려는 욕심 앞세워
나를 위한 말로만 쉽게 되뇌며

책임지긴 인색했던
'사랑한다'는 그 말.

사랑, 그것은

맑은 여울물에 던져진 동전 한 닢의 반짝임을
바라보며 눈부셔하는 설렘

이른 아침 이슬 이고 벌어지고 있는
젖빛 목련 수줍은 미소에 마음 빼앗긴 눈길

휘영청 밝은 달 보며 구름에 가려질까 봐
심장의 고동 달래지 못하는 애태움

인연 하나 때문에 온갖 것 다 놓아버리고도
마음 추스르지 못하는 아픔

이 묘한 중독에 한 덩어리 심장마저 터진다 해도
몰입으로 빠져들 수밖에 없는 그리움

바로 그게 무심한 세월의 물결에 실려가는
허상일 수 있을 것임인데도 놓지 못하는….

5부 기다림의 미학

아름답게 정화된 추억으로 하여
재회 후의 더 아름다우리란 기대 때문에
지난날 함께한 고통과 미움, 이별의 아픔까지도
모두 그리움 밑으로 가라앉혀 버렸다.

폭설 무정 無情

숲은
풀어헤친 가슴 안
거목조차 눈발로 덮어 놓고
순백의 정적靜寂으로 포장한
죽음 같은 시간을
숨 쉬고 있다
유한의 시야 넘어 무한의 세계로

키를 넘는 강설降雪로
소통이 차단된 세상은
막힌 숨통을 가르는
강아지 짖는 소리조차 죽였다
그리고 우주는 새하얀 반사광이다

산 것들은 어디에 갇혀있는가
알 길 없고
적막에 묻힌 모두는 다만 흔적 뿐
사위四圍를 눈치 보며 무겁게 엎드려
온통 두루 뭉실 하나 되어 있어
지금은 가위 눌려 숨만 차오른다.

애증愛憎의 상처

"하지 마세요"
"저리 비켜요"
"상관 마시고 내버려 두시오"

아이가 된 노모의 과실을 속상해하며
마음과는 달리 거친 말로 다그치던 딸 또한
그 자식 앞에 체통 잃고 질책 받으며
어이없는 수모를 대물림하는
위계질서 잃어가는 가정사의 참담함

어이할고
노모에 대한 지극한 사랑이라 믿는 언행이
애집愛執*으로 굳어진 독선임을 깨닫지 못해
제 삶의 틀에 어미를 잡아넣으려는 엇나간 효로
마음에 골 깊은 상처와 좌절을 안기는
알량한 어미 사랑 행태를…

애증의 양면兩面이
모호한 진실로 위장된 갈등 구조
정제淨濟 안 된 무례한 언어의 칼질들이
서로를 물어뜯으며 혼돈의 늪에
내동댕이질이다

사랑과 미움을 구분 못하는 미욱함으로

잘못된 효의 울안에 스스로를 가둠은
사랑의 순수를 망치는 애착생사愛着生死*일 뿐이러니

부모자식도 어른아이도
아집我執을 버린 오직 섬김 하나로
예를 다하는 길을 좇아
스스로 돌아보며 비워가는 삶을 살아가야 할 것을….

＊애집愛執 : 자기의 소견이나 소유에 너무 집착하는 일
＊애착생사愛着生死 : 제행諸行 무상無常의 불가피함을
　　　　　　　　　 깨닫지 못하고서, 살기만을 바라고
　　　　　　　　　 죽기를 싫어하는 인간의 정

그냥 동면冬眠이 아닌

정염情炎의 불 붙여
심장에 불 지르던 황홀함으로
빛났던 계절의 결실은 한순간에 물러갔고

지금
주체하기 힘든 냉기 머금고
시공을 사정없이 흩날리는 강설降雪

그 앞에
발가벗긴 육신들
동심冬心으로 작아진 자아自我를 들여다보며
오늘의 의미에 귀 기울인다.

그렇지만
모든 것 – 살아있는 것들–
사각사각 내리는 눈발아래 숨죽여
잠복潛伏의 시간 헤아리며
산 것들끼리, 혹은 죽은 것까지 보듬어
회생의 꿈 굴리며 생명을 품어 입김 불어넣고 있다

끝남의 끝을 이을
새로운 시작으로
시방 생성의 기운 돋우며
환희에 찰 시간을 조작하고 있다

벌써부터 그 곳 숲에서는.

회생의 계절

들어보라
해빙의 반가운 소리
제철 어기는 법 있더냐

거센 북풍 밀어내고
당당히 다가와 앞에 선
꺾을 수 없이 솟아나는 생명의 고동鼓動으로
얼었던 핏줄 열며 스며들고 있지 않으냐

지금
잔설 사이사이 푸른 솔 받친 암릉岩陵 위
날아갈 듯 솟은 산사 그리로 부터
낭랑한 독경소리 따라 훈풍 휘감겨 오고

누비옷에 장삼 떨쳐입은 스님의 등에
어느새 감도는 온기 따라
어둡고 찬바람 일던
동토凍土가 마침내 햇살로 녹아나리고 있구나.

낙화 落花

꽃잎들 흩날려
시냇물에 스산하니 잠겨도
서러울 일 아니라 하자

화사했던 순간의 설렘이
행복했다면 한 삶 누린 셈이니
이제는 고즈넉한 헤어짐에
서러운 눈빛은 주지 말자
마친 사랑 또 한 번의 성숙이
우리를 이끌어 주고 있음이니

아아! 이 아름다운 흩날림
슬픔이 아니니
발아래 널브러진 그들을 밀어내 주며
아쉬움 보듬어
가는 마음이나 고이 헤아리자

헤어지면
다시 만남 있음도 알아가게 되리.

잔가시고기의 부정父情

아방궁 짓고
열정 바쳐 피운 사랑으로
새끼들은 얻었건만
홀연히 연緣 끊고 변절해 버린 모정

자식사랑 바보가 되어
홀로 남아 목숨 다한 부정父情

아비의 영육까지 먹어치운 새끼들
시간의 물결 따라 제 갈 길 가버리고
빈자리에 남은 건
찢긴 아비의 슬픈 사랑 흔적.

＊잔가시고기: 암컷이 수컷의 어소에 산란을 마치고 떠나
　　　　　　버리면 수컷 혼자서 새끼들을 키우다가 죽
　　　　　　으면서 자신의 사체까지 새끼들의 먹이로
　　　　　　내어준다는 물고기

아카시아 향香

싱그러운 숲엔
5월 햇살이 새잎들 사이로 반짝이고
새하얀 미소가 주절주절 열린 날
오롯한 숲길은
너와 나 마주하며 섞는
향 짙은 속삭임으로 가득하다

풋풋한 속삭임들
새하얀 그리움으로 허공을 맴돌다
수천수만數千數萬의 흰나비 되어
신록의 숲길 날아들며
새로운 추억으로 가슴 적실
싱그러운 향香으로 남는다.

산정山頂에 서면…

가없이 펼쳐진 천공天空 헤집고
신비한 공간 겹겹으로 이루며
자맥질로 일렁이는 능선 사이
가득가득 넘쳐나는 자욱한 물안개가
생명의 기氣 품은 선율旋律의 속살로
정상을 휘감아돌며 설레는 울림

쉼 없이 유연한 숫구침, 도도한 흐름으로
생명력 뿜어내는 사래 긴 능선들의 율동
겹겹이 품은 물안개가 너울로 전해오는
형언키 힘든 묵시默示

오직 높이 오른
정상에서만 누릴 수 있는
변화무쌍變化無雙한
무언의 깨우침이 있다.

귀로歸路

언제나 상황 끝난 일상을 뒤로하고
돌아서려는 시간이면
시작의 설렘과는 달리
파고드는 회한悔恨이 힘겹다

몸도 마음도
깊이 다른 사연들의 부침浮沈을 좇아
부풀리기 줄이기를 수없이 반복하며
하마 다 세어 보지 못할 뻔한 긴 세월을
희로애락에 떠밀리며 살아내고도
여전히 그 끝은 아리송해서
예측할 수 없는 위치에 자리한
부지不知의 회랑回廊 안이다

안주安住의 자리
귀향의 끝을 찾는 고단한 여정은
아직도 너무 멀리에 물러나 있어 보여
남은 세월 망연히 셈해 보며
대안 없는 시간만 바득바득 구겨 쥐고 있다.

놓아버린 시간들

한눈팔다 놓친 기회들-

아프다 물러서고
작은 실패에 좌절 하고
힘겹다 외면하고
준비를 미루다 출발할 때를 넘겨
스스로 무너져버렸는데

자기 연민에 절망하며
덧없이 흘린 시간들을
구차한 구실로 위로만 받으려던 어리석음으로
삶을 피워내지 못한 아픔
회한으로 늦은 나이 덧셈만 하다가
놓아버린 시간위에 쌓여진 허구가
눈물처럼 가슴 아리다.

이 가을에 할 일 하나

한로寒露
일교차가 제법 크게 난 하루를
높푸른 하늘만큼이나
마음 비워보려 들녘 앞에 걸터앉았다

둘러보면 눈에 닿는 모든 것
풍요로운 수확의 계절 한 복판
한 낮 아직은 따가운 햇살인데
마음은 풍요를 따를 수 없다

꼭 이루리라 다짐했던 일
몸과 마음의 평안을 위해
모든 것 비우리라
되도록 많이 내려놓으리라 했는데

몸은 질환으로 지쳐있고
마음은 자기연민의 늪에 빠진 채
여태껏 빈손임을 인정 못하고
번뇌의 고통을 분노로 포장하고 있다

정말이지 이제는
내려놓고 비우고 놓아버리는 일만이라도 이루어
이 풍요로운 들녘의 평안을
내 안에 담아 간직하는 삶으로 엮어내면 좋으련만.

화장장火葬場에서

시간을 망각한 주검을 화구火口 너머에 모셔 넣고
인간 능력의 한계를 차마 인정 못해
대기실 안 공간을 고추잠자리처럼 맴돌며
산자들이 기막혀 마음 쥐어뜯으며 울먹인다

아무개는 화장 중
아무개도 화장 중
아무개는 건조 중
....
벽에 걸린 TV모니터의 자막들은
사자死者들의 처리가 일사불란하다
생사를 초월했던 옛 현자들께서
이 모니터를 보았다면
어떤 가르침을 생각해 낼 수 있었을까
황혼에 이른 육신에
회한에 싸인 영혼이
추스르기 힘든 불덩이 하나 안고
아직도 삭이지 못해
속으로만 울먹이고 있다.

기다림의 미학

누구였던가
기다림은 아름다운 것이라 일러준 이

돌아설 때 기약 없던 그 이별
언제부터인가 만날 약속했단 착각으로
착각을 믿음으로 확신하고팠던
길고 긴 기다림

아름답게 정화된 추억으로 하여
재회再會 후의 더 아름다우리란 기대 때문에
지난날 함께한 고통과 미움, 이별의 아픔까지도
모두 그리움 밑으로 가라앉혀 버렸다

세월의 치유를 받아
정제된 마음으로 다시 마주하리란 믿음이
서로를 이어주는 고리가 되기를 기대하며
그리움의 끝은 어디까지일까 손꼽아 헤아린다

그 땐 미처 몰랐던
"추억만은 마음에 담아 두자"
한 그 말의 뜻
지금은 가슴에 사무치네

참으로 아름다운 언약이었단 걸.

코스모스 꽃길

길고 지루했던 염천의 계절을
잘도 이겨낸 힘은 어디에 감추어 두고
어쩌면 저리도 가냘픈 꽃피움일까

하늘하늘 살랑살랑
갈바람 숨결 따라 화사한 춤사위 앞세워
풍요의 가을을 서둘러 불러들이는

높푸르고 맑은 하늘만큼이나
색색으로 핀 정갈한 꽃송이 송이들
들판 길에 다소곳이 줄서서 오가는 길손 맞누나.

만추晩秋의 호반湖畔

산 그림자 거꾸로 매달린
호숫가 억새밭 위로
햇살 부서져 내려
새하얀 깃발로 눈부시다

자맥질에 여념 없는 물오리 한 떼가
호수에 그려낸 정겨운 파문波紋을
갈바람이 억새꽃 위로 피워 올려
새하얀 비단결로 마음 일렁인다.

낙엽

청솔매도 발걸음 조심하는
도토리나무 숲의 고요 속을
나푼나푼
깃털 같은 가을 한 잎 또 한 잎
오솔길 따라 날아든다

듬성해진 나뭇가지 사이로
냉랭한 하늘 보이는 숲길 따라
하늘하늘
결실 끝낸 가을 한 잎 또 한 잎
가슴 안 가득이 날아든다.

첫눈 내리는 날의 사색思索
- 문학미디어 송년회에 가면서

첫눈이다

병고病苦의 어둔 터널
지나, 털고 일어나
맞게 된 송년회 모임
회생回生을 염원하는 여행길에서 만난

온 산하가 전설처럼
수북수북 겨울 이야기로 덮이고도
달리는 내내 무리지어
하얗게 스쳐 부딪는 차창에 기대어
어떤 송년 덕담 나눌까 생각하게 하는
푸짐함 정겨워라

기대하지 않았는데
밉지 않게 날려 오는 몸짓은
아픔의 불편함 잠시 잊게 해주는
푸근한 서설瑞雪이지…

끊임없이 스쳐가는 동화動畫인양
마음 설레는.

별 헤다

희부연 불빛 졸고 있는
도심都心 비켜 나
청정한 숲 싸안은 하늘 가득
쏟아져 내리는
고운 이야기 빛

저마다 품은 마음
속삭여 줄 때
아니 아니…
내 마음 홀로 닐 때
기우려 들어주는
초롱초롱한 눈망울들

이 밤 냉기조차
아랑곳하지 않는
영롱함 너무 산뜻해
흐르는 시간 잊은 채
수많은 사연들 헤고 있다.

지금이라도

참으로 긴 날들
변죽만 울리다만 사랑이었기
지금은 널 그냥 놓아 보낼 수 없다
지금도 늦었다 말하고 싶지 않은
품기만 했던 이 미련한 사랑을
한 줌 안 남기고 다 주려는 게다

곧
사라져갈 모든 착한 것들은
살아있는 한 포기 들풀까지도
그들의 생명을 아낌없이 내려놓고 떠나고 있는
겨울, 모든 것 마감하는 이 계절이지만
그러나 아주 늦은 건 아니지 않느냐
지금이라도 온 힘 다해 널 사랑할 수만 있다면.

정광지 시집

기다림의 미학

초판발행 2016년 11월 25일

지은이 정광지
펴낸이 박명순
펴낸곳 도서출판 문학시터

등 록 제22-2311호
등록일 2003년 2월 25일
주 소 서울시 중구 창경궁로 1길 29 (3F)
전 화 02)2272-2549
팩 스 031)718-2549
이메일 munhakmedia@hanmail.net
공급처 정은출판 (02)2272-9280

* 책 값은 뒤표지에 있습니다.
* 잘못된 책은 바꾸어드립니다.